Nadia Berkane

Bébé Koala

L'anniversaire

À nos premiers petits lecteurs…
Léo-Paul, Lola, Maya,
Aber, Léonce, Antoine,
Lucie, Ulysse, Rémi,
Artémis, Sacha, Faustine, Sarah,
Hélène, Salomé, Amira, Nathan,
Thomas, Léopoldine, Prudence, Rose,
Charlotte et bien d'autres… oups !

Directeur : Frédérique de Buron
Directeur éditorial : Sarah Kœgler-Jacquet
Directeur artistique : Florent Salaün
Éditeurs : Sylvie Michel, Amélie Poggi
Mise en page : Morgane Leloup
Fabrication : Rémy Chauvière

ISBN : 978-2-01-226654-4 – Dépôt légal : Aout 2011 – Édition 02
Loi n° 49-956 du 16 juillet 1949 sur les publications destinées à la jeunesse.
Imprimé en Espagne.

Nadia Berkane

Alexis Nesme

Bébé Koala

L'anniversaire

hachette
JEUNESSE

Sucre
1Kg

Aujourd'hui, c'est l'anniversaire
de Bébé Koala. Maman lui a mis
sa plus jolie robe et un petit tablier
pour ne pas la tacher. Le gâteau est prêt,
la fête va bientôt commencer.

Ding ! Dong ! « Coucou, les amis !
s'écrie Bébé Koala. Youpi ! »
Confettis, cotillons et serpentins
volent dans tous les coins.
Allistair le hamster adore ça !

Soudain, la lumière s'éteint.
« Chut ! » dit Maman qui arrive
avec le gâteau d'anniversaire.
C'est l'heure de souffler les bougies.
« Joyeux anniversaire, Bébé Koala ! »
Tout le monde applaudit.

« Les cadeaux ! Les cadeaux ! »
crient en chœur tous ses copains.
Bébé Koala est bien embarrassée,
elle ne sait vraiment pas par où
commencer…

Milie

« Oh ! Oh ! Une jolie poupée ! »
dit Bébé Koala en ouvrant
un gros paquet rose…

Chouette ! Dans l'énorme paquet rouge, Bébé Koala découvre une petite dînette pour prendre le thé avec sa nouvelle poupée.

la dinette de Titi
la dinette de Titi

En déballant un petit paquet vert,
Bébé Koala rit aux éclats :
« Ha ! Ha ! Ha ! Une poulette
qui fait pouet-pouet ! »

Oh ! Mais il reste un tout petit
paquet orange là, dans un coin.
Bébé Koala est ravie, elle se jette

sur le dernier cadeau et… surprise !
« Coucou, Bébé Koala, c'est moi,
Allistair, ton petit hamster à câliner. »

Bébé Koala saute de joie et fait un gros,
gros câlin à ce petit coquin d'Allistair…
« Tu sais, mon plus beau cadeau,
c'est d'avoir un copain comme toi ! »
lui murmure Bébé Koala.

Retrouve tous les titres de la collection :